L'INCRÉDULE

CONFONDU

PAR LUI-MÊME.

AVANT-PROPOS.

Quelque chose que l'homme fasse pour s'étourdir dans ses Déréglemens, l'homme ne sera jamais d'accord avec lui-même; il faut que, malgré lui, il reconnoisse une Puissance au-dessus de lui; il a beau ne vouloir admettre en tout que le Hazard, le Destin, il faut qu'il soit confondu en lui-même voyant que tout est réglé dans l'Univers, qu'aucun Globe, qu'aucun Etre ne s'y confond avec un autre, que chacun dans son rang fait sa fonction: châque Minéral s'attache à son Minéral, châque Végétal à son Végétal; tous les Etres, en un mot dans leurs différents Régnes suivent une Destination réglée. N'en voilà-t-il pas assez pour que l'homme reconnoisse, malgré lui, l'Auteur de la nature, l'Auteur de l'ordre, de toute Justice, & pour qu'il le craigne au mi lieu même de ses Déréglemens. Toutes les contradictions des hommes sont comme les contraires qui doivent les guérir de leur erreur au sujet d'un Etre Suprême, pour peu qu'ils écoutent la voix de la raison; & le premier pas qu'ils doivent faire en raisonnant, c'est d'adorer cet Etre qu'ils ne peuvent comprendre; c'est d'être justes les uns envers les autres, de s'aimer & de se supporter étant aussi foibles, aussi ignorans les uns que les autres à l'égard des choses divines & de tout ce qui nous environne.

L' LN-

INCRÉDULE

FONDU PAR LUI-MÊME.

Astra trahunt, retrahant, sapiens dominabitur astris;
Neve putes alium sapiente, bonoque beatum.

OUï, malgré moi, je crois à l'aveugle Destin
Quand, malgré moi, je céde au désordre intestin !
Si je me sens forcé de trahir ma pensée,
Malgré tous les efforts de ma raison blessée,
C'est qu'il est un pouvoir qui fait la dure loi
A tout secretement, je le ressens en moi.
O rigoureux Destin qui termine ma vie !
Pourquoi me la donner si peu digne d'envie !
N'avois-je ressenti l'attrait de la vertu
Que pour être par toi, par elle combattu !
Quoi ! J'apperçois le bien dans l'instant je l'approuve,
Je hais & fais le mal, Dieu juste me reprouve !
Ah ! si je suis forcé de céder au Destin,
Il n'est point d'autre Dieu, de principe & de fin.
O vertu des mortels ! tu n'es qu'une chimère,
Si le Destin fait seul leur bien & leur misère.
Quoi ! le crime est puni, le crime est respecté,
Et la vertu loüée est dans la pauvreté !
Le tems, l'occasion, le pouvoir dans ce monde
Sont la source du bien, des maux dont il abonde :
Près du bien est le mal, l'un de l'autre est l'accord,
L'Equilibre obéit au caprice du sort.

A 2

Si

Si dans cet univers tout naît, meurt, se succéde,
En tout dans l'univers c'est le sort qui procéde ;
Toute combinaison n'est qu'un concours fortuit,
Le tout est éternel si rien ne la produit ;
Nos vains raisonnemens fondés sur la chimère
Ne sont que préjugés si tout est arbitraire ;
Tout est effet & cause & mutuellement
Se détruit, se produit continuellement.
Si rien ne vient de rien tout est donc par soi-même,
Rien ne s'annéantit par un pouvoir suprême ;
Si tout est plein, immense, il n'est point de néant,
Point de Divinité que le sort inconstant :
Tout végète ou respire & si l'esprit seul pense,
L'esprit s'égare & perd comme un son son essence.
Un Etre intelligent qui semble présider
A tant d'orbes divers n'est point pour les guider,
C'est un enchaînement de causes nécessaires ;
La crainte fit des Dieux de ses propres chimères.
Qu'au Ciel Jupiter tonne & frappe le sommet
Du mont le plus hardi, la crainte nous soumet :
Jupiter n'est qu'un feu de souffre & de salpêtre,
Et la foudre n'est point l'arme d'un suprême Etre,
Elle est des Elémens le terrible combat ;
Ce font l'air & le (a) feu qni causent tant d'éclat.
Mortels trop malheureux ! bannissez toute crainte,
Tout n'est que préjugés ou qu'erreur ou que feinte ;

Vos

(a) *Le feu artificiel, le feu élementaire, la lumière ne se
pénètrent pas plus que la matière ; ils en dépendent, s'en
nourrissent, s'augmentent par elle ; & si l'esprit nourrit l'esprit, la matière nourrit la matière ; qu'elle soit plus gros-
sière, plus subtile, elle sera toujours au fond la même. Il
n'y a dans l'univers qu'une seule matière, si elle est si
diversifiée ce n'est que par l'arrangement, la configuration
des parties : en un mot tout ce qui a des parties est étendu,
& l'étenduë est l'essence de la matière, les autres qualités
n'en font que les modes variables. Nos petits yeux n'en
peuvent voir davantage, nos petites cervelles n'en com-
prendront pas plus.*

Vos remords sont l'effet de vôtre illusion ;
La brute est plus heureuse en sa condition ;
Sans soins pour l'avenir, le présent la contente ;
Elle seule jouït, nul désir la tourmente,
Elle arrive sans crainte à sa dernière fin,
Et n'est que plus heureuse en ne sentant plus rien.
Mortels ! l'ambition fait tout vôtre supplice,
En approfondissant, vous creuse un précipice.
Qui vous apprit que l'homme, alors qu'il est formé,
D'un Esprit immortel étoit seul animé,
Et que ce chien qui suit la trace de sa proye,
Qui reconnoît son maître & lui prouve sa joye,
Qui veille à sa défense & s'attache à lui seul,
Qu'en Automate au fond se mouvoit l'épagneul ?
Quoi ! l'homme qui s'ignore & se détruit soi-même,
Seroit-il plus parfait s'il est en tout extrême ?
Si l'homme naît & meurt de même que le chien,
L'un & l'autre à la mort ne ressentent plus rien ;
De leur poussière il doit sortir un nouvel Etre,
Une rave, une fleur, un chou, peuvent en naître ;
Tout ne fait que changer dans ce vaste univers,
Tout y renaît de soi dans des Etres divers ;
La révolution les élève ou rabaisse,
Et leur Etat dépend de l'instant qui les presse :
Ainsi le malheureux deviendra fortuné
Selon la circonstance où chacun sera né.
Tous les Etres formés de la même matière
Ici bas comme aux cieux poursuivent leur carrière,
Différents au déhors ils sont égaux au fond ;
La mouche, l'Eléphant, l'Homme que tout confond,
Astres, plantes & fleurs, l'humble Roseau, le Chêne,
Tout céde également à la loi qui l'entraîne,
Et tout dans le concours revient au même point ;
Tout semble raisonné mais ne raisonne point ;
Les Etres tour à tour prenant une autre face,
Chacun est, malgré soi, comme le sort le place,
Et ces mots alignés s'ils sont à l'unisson,
Comme tous les discours ne forment qu'un vain son,

Pourquoi nous efforcer d'être autres que nous fommes !
Dépendroit-il de nous d'être Dieux ou des hommes !
De tous les animaux l'homme n'eft point le Roi ,
Loin d'être plus parfait , il eft contraire à foi :
Un ciron au dedans èft un plus bel ouvrage ,
Par fa foiblefſe même il a tout l'avantage ;
Ouï ! mieux que l'homme il tend à fon but principal ;
L'homme ne paroît né que pour faire le mal ;
S'il croit avoir lui feul la raifon pour fon guide ,
Seroit-ce à fes excès que la raifon préfide ?
Ah ! par la raifon même il eft plus malheureux ;
D'où l'on peut inférer qu'il n'eft point fous les cieux
D'animal qui raifonne , aucun même qui penfe ,
Aucun de pius parfait qu'un autre en fa fubftance.
Quoi ! l'homme prétendroit quil peut feul raifonner !
La fourmi n'auroit rien qui le puiffe étonner !
Sans raifonner difons que toute créature
Eft l'agent , le reffort de toute la nature ,
Que rien n'eft bien ni mal fi tout dépend du fort ,
La nature elle-même & la vie & la mort.

 Qui peut tout animer de tout doit être (b) l'ame :
Eh ! cette ame eft le Dieu que ma raifon reclame ;
Vouloir l'approfondir c'eft vouloir s'égarer ;
L'on ne peut le comprendre , il faut donc l'adorer ;
Lui feul eft infini ; la principale affaire
Pour des Etres bornés c'eft d'agir & fe taire :
Sentir & craindre un Dieu c'eft affez pour le voir ;
L'adorer être jufte ouï ! c'eft mon feul devoir.
Ouï ! s'il eft des vertus qui nous montrent les vices ,
La récompenfe eft jufte ainfi que les fupplices :
(c) Ecrafer fon enfant ou défendre fes jours
Nous prouve un Dieu vengeur des plus pures amours.

Père

(b) Le Moteur.

 (c) S'il y a eu des peuples qui ont violé la loi de nature à cet égard , & s'il y en a encore qui la violent , leur aveugle férocité ne prouve pas plus contre la nature que la fuperftition contre l'Auteur de la nature. Il y a toujours eu des fa-
natiques

Père de la (d) nature! eh! ton pouvoir suprême
N'eſt point l'effet du ſort tu t'annonces toi-même;
Tu détruis la chimère éclairant ma raiſon;
Le ſort s'évanoüit & lui ſeul n'eſt qu'un ſon.
L'ordre de l'univers prouve une intelligence,
Un Dieu qui fait ſentir en tout ſa Providence.
Si rien ne vient de rien, un Dieu premier moteur
Fit tout par ſon pouvoir, il eſt un créateur,
Un ſeul Etre éternel, un ſeul Etre adorable
Qu'on ne peut qu'admirer s'il eſt impénétrable.

natiques & des féroces parmi les hommes, ou plûtôt on a toujours donné & on donnera toujours des interprétations différentes à la loi de nature, à la vraye réligion. N'en déplaiſe au vivant & poſtiche Abbé Bazin, les ſages légiſlateurs ſont en plus petit nombre que les conquérans, les tyrans, les uſurpateurs, les impoſteurs; c'eſt ici où il ne faloit pas trop déclamer, ſur tout, contre le légiſlateur des Juifs. L'hiſtoire affreuſe du genre humain ne prouve que trop que la réligion a toujours été l'arme la plus redoutable dans la main des tyrans: ainſi la ſuperſtition & la tyrannie ſont devenuës peu à peu les ſouveraines de ce monde qui ſemble n'exiſter que pour être gouverné par des abus. Les hommes ne ſeront juſtes & heureux que lors qu'ils ſeront éclairés par la vraye Philoſophie qui commence enfin dans ce Siècle à prendre le deſſus ſur la tyrannie & la ſuperſtition.

(d) Le célèbre jugement rapporté dans les livres Judaïques prouve bien ici la force de la Loi naturelle, la puiſſance de ſon Auteur.

EXHOR-

EXHORTATION,

FAITE

A Mr. De * * *

PAR UN DE SES PLUS SINCERES AMIS.

AVANT-PROPOS.

C'Eſt en vain que la Tyrannie fait tous ſes efforts pour détruire la République des Lettres ; protégée par le ciel elle ſera toujours , malgré l'incurſion des barbares & des incendiaires , un état conſiſtant où chacun pourra dire en liberté ce qu'il penſe. Si les Lettrés, les Philoſophes ſe font la guerre , ils ne ſont point avides de répandre le ſang humain, d'accumuler des richeſſes , d'envahir des Provinces & des Etats ; l'amour du vrai eſt toute leur ambition , leur guerre eſt donc la plus juſte ; ouï ! du choc des opinions naît la lumière. Quand on ne voit pas la vérité au même lieu, ſe combattre noblement c'eſt s'accorder. J'admire un Auteur par rapport à la ſupériorité de ſes talens , je ne peux même , quoique je ne penſe pas comme lui , m'empêcher de l'aimer , mais j'aimerai toujours davantage la vérité. Si je ne ſuis qu'un petit ouvrier citoyen de la République , je vais cependant uſer de mon droit contre un de ſes principaux membres ; qui pourroit m'oter mon Privilège ! nous tenons tous le même de l'Etre ſuprême & nous ne d.vons reconnoître d'autre loi que celle de la vérité : ſon amour inné dans le cœur des hommes vengé par leurs remords, leur déſir inſatiable du bonheur qu'ils ne peuvent trouver ſur la terre , voilà la preuve que leur nature doit différer de celle des Brutes , & par conſéquent leur Etat après la mort. Gardons nous d'imiter les Brutes par leur férocité , prouvons que nous ſommes des humains , des ſectateurs de la ſageſſe ; avec le ſecours de la raiſon défendons contre les paſſions nôtre liberté qui eſt le plus beau don du ciel ; malgré l'intolérance ou la fureur aveugle de parti , ayons toujours le courage de tendre à la perfection ; ſi nous nous égarons , remettons -nous ſans aigreur les uns les autres dans la route : l'Univers éclairé cédant à l'évidence ne ſera plus un jour l'Empire des frénétiques , mais la République des ſages.

EXHOR-

EXHORTATION

*FAITE A M^R. DE ****

Par un de ſes plus ſincères amis.

It ſursùm ſapiens homo , eunt jumenta deorsùm. (*)
Ipſe Deus juſto cælum, infernus ſibi morte
Injuſtus , Brutis cælum , infernus nih.l ut mors.

MOrtel! entens la voix qui te rappelle à toi ,
   Qui dit qu'il faut céder à la commune loi
D'où dépend le deſtin de toute Créature ,
Loi qui dans néant doit plonger la nature.
Ton eſprit différent de ton fragile corps ,
Quand il le ſent périr , que penſe-t-il alors ?
Dans le néant , crois-tu , que la bonté ſuprême
Te fera repoſer avec l'Univers même ?
Es-tu bien convaincu qu'au delà du Tombeau
Il n'eſt plus rien a craindre , il n'eſt point de Bourreau ?
De tant de beaux Ecrits que dit ta conſcience ?
Que tout eſt vanité , tout eſt extravagance
D'un pur déclamateur qui voulut tout ſçavoir ,
Qui n'a fait que briller & qui n'a rien fait voir.
Tu vas bientôt à Dieu de ſes dons rendre compte ,
Et ta gloire bientôt va dévenir ta honte ;
Répare ton déſordre , il en eſt encor tems ,
Ta gloire eſt de le faire à tes derniers inſtans.
Déjà la vérité vient ſe faire connoître ,
Elle doit triompher , tu vas la voir paroître ,

Que

(*) *In vacuum extra mundum.*

Que peut-il te rester de tant de fictions !
Le remord que fuyoient tes contradictions :
L'augufte vérité que tu craignois d'entendre ,
Malgré tous tes efforts, fe fait enfin comprendre ;
L'horreur qui te faifit vers le fombre avenir ,
C'eft la terreur d'un Dieu que tu dois prévenir :
Adore donc ce Dieu qui te preffe au paffage :
Nier eft d'un impie , efpérer eft d'un fage.
Crois-tu te raffûrer par l'incrédulité !
Tu prouves en doutant l'urgente vérité.
Si l'homme naît & meurt de même que la Brute ,
L'un & l'autre , dis-moi , par une même chute
Iroient dans le néant joüir d'un fûr repos ,
Terminer une vie en proye à tant de maux ?
Le jufte & le méchant par une loi commune
Au jour de leur Trépas courroient même fortune ?
Eft-ce bonté , Juftice , en finiffant nos maux ,
Que le premier Moteur nous rendre tous égaux ?
Si je fens le contraire , eh ! déjà je dévine ,
J'apperçois la raifon dans la raifon divine.
Différent de la brute , ouï ! l'homme doit joüir
De l'Eternel bonheur qu'il a pû preffentir ,
Qu'il à fçu mériter obfervant la juftice ;
Mais l'Eternel remord doit faire le fupplice
Du méchant plus brutal que la brute ici bas ,
Qui ne peut rien prévoir au delà du Trépas ,
Qui meurt fans s'en douter , qui ne vit que pour vivre ,
Et qui dans le néant fans horreur peut fe fuivre.
La Brute n'obéit qu'à la loi de fes fens ,
Et n'a d'autre bonheur que les plaifirs préfens ,
Sans fonder l'avenir elle eft toujours contente ,
Reffent-elle des maux , c'eft contre fon attente ;
En éprouvant les coups d'un rigoureux deftin ,
Elle peut-être heureufe en ne fentant plus rien :
Et fi l'homme ici bas ne pourroit fatisfaire
Ses défirs infinis , il doit ailleurs le faire.
L'homme doit-il mourrir pour une Eternité ,
S'il forme des défirs pour l'Immortalité !

S'il

S'il fent avec douleur le néant de fon Etre,
Son Centre eft l'Eternel, un Dieu qui l'a fait naître.
Contre ton fentiment, Sophifte, tu répons !
Quand tu veux repliquer, c'eft toi qui te confons :
La Brute, tu le crois » a la même penfée,
» Elle agit mieux que l'homme, elle eft donc plus fenfée.
Du fuprême moteur refpecte les décrets,
Tu peux bien l'entrevoir fans fonder fes fécrets.
La Brute, il eft trop vrai, de toute créature
Eft la feule qui fuit la loi de (*) la nature,
Qui refte au même point, ne change qu'à la mort ;
L'habitude au dedans eft fon jufte reffort :
L'homme par fes projets & par fon induftrie
Semble ne refpirer que pour une autre vie :
Ouï ! fi l'homme peut feul connoître fon auteur,
L'homme eft digne lui feul de voir fon créateur.
Le même fort attend & la (**) terre & la Brute,
Le pouvoir qui les meut eft la loi de leur chute.
Si l'Efprit divin fouffle où, fi long-tems qu'il veut,
Le bœuf fait ce qu'il doit, l'homme doit ce qu'il peut ;
La peine de la brute a fa fin avec elle,
La péine du méchant devoit être éternelle,
Mais le jufte avec Dieu devoit feul être heureux :
Le bœuf eft pour la terre & l'homme eft pour les cieux.
Sur la terre, dis-tu » tout ne tend qu'à fe nuire,
» Chacun fuit l'Ennemi qui cherche a le détruire,

L'homme

(*) *Malgré l'Abbé Bazin auteur du Dict. Philof. je croirai toujours que l'Hirondelle & tout autre oifeau font leurs nids fans penfer aux proportions ni aux figures géométriques ; la nature du lieu en eft la caufe néceffaire qui n'empêche pas cependant que les nids des oifeaux, felon châque efpèce, ne foient toujours femblables par la façon, quoiqu'ils puiffent varier par la forme. Le ferin qu'on aura inftruit répétera toujours comme un ferin, le perroquet comme un perroquet, l'un & l'autre ne feront jamais d'eux-mêmes de plus grands progrès dans la mufique, & dans l'art oratoire &c. &c.*

(**) *Ce prétendu gros animal.*

» L'homme quoique vivant fert de pâture aux vers,
» Le choc des Elémens ébranle l'Univers,
» Foible joüet du fort tout naît, meurt se succéde,
» Dans des mondes fans borne ainsi le fort procéde :
Ainsi l'homme s'égare en suivant fa raison ;
Sans un Dieu créateur tout n'est qu'illusion.
Que ton sçavoir est vain ! ta principale affaire
N'est point d'approfondir, c'est d'agir & te taire.
O Mortel ! fais le bien, détourne toi du mal,
Le dur Trépas pour toi n'aura rien de fatal :
Veux-tu vivre content ! que toute ta science
Soit d'entendre la voix qui meut ta conscience.
L'Univers ébranlé ne pourroit étonner
Le fage que d'un Dieu rien ne peut détourner ;
De même que l'Enfant il suivroit fa ruine
Sans sçavoir accufer la justice divine :
Le feul méchant se plaint de la fatalité,
Ofe en faire un outrage à la Divinité.
Vouloir ce qu'un Dieu veut c'est hommage agréable
Que le juste lui rend fur la terre habitable.
Le Paradis du juste est dans le fein de Dieu,
Et l'Enfer du méchant dans fon cœur a fon lieu.

A VOLTERRE, 1765.

LETTRE

*Ecrite au ROI DE PRUSSE par l'Auteur
de l'Analyse de la Réligion &c. &c.*

SIRE,

SI j'expose à VOTRE MAJESTÉ mes réflexions, c'est pour les soumettre au Salomon du Nord. Vos connoissances étant si supérieures à celles du commun des hommes, vous pouvez envisager les choses d'un autre œil qu'un simple particulier. Semblable à la Divinité daignez, SIRE, éclairer celui qui recherche la vérité avec un cœur droit, celui qui devant répondre à Dieu a crû devoir parler aux hommes sans crainte. Il faut avoir beaucoup de courage pour combattre la fatalité lorsqu'on en est la victime malheureuse ; mais quand un petit gentilhomme voit un Grand Roi défier le Destin cruel & conserver toujours au milieu des dangers cette fermeté stoïcienne avec laquelle, SIRE, vous sçutes triompher de tous vos ennemis, il n'est plus de fatalité pour moi ; un si grand exemple m'inspire le courage de braver la fortune & peut me faire triompher d'elle sous vos respectables Auspices.

Je désirerois être dans un azile assûré où je pusse me livrer tranquillement à l'étude de la Philosophie, méditer vos beaux Ouvrages & apprendre, en les lisant, la route qui conduit à la véritable gloire. J'attendrai les ordres de VOTRE MAJESTE', d'un si grand Prince dont la sagesse s'étend à tout & ne peut faire que des heureux.

Je suis avec le plus profond respect de VOTRE MAJESTE'.

SIRE

*De Genève le 14 Octobre
1764.*

Le très-humble, très-obéissant
& très-fidèle serviteur.